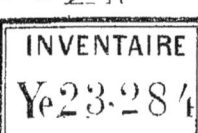
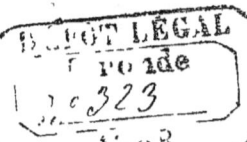

RIMES BUISSONNIÈRES

CONTRE

L'UNIFORMITÉ

PAR

M. Jules de Gères

EXTRAIT
des Actes de l'Académie Impériale
des Sciences, Belles Lettres et Arts
de Bordeaux.

1858

BORDEAUX

G. GOUNOUILHOU, IMPRIMEUR DE L'ACADÉMIE,

place Puy-Paulin, 1.

RIMES BUISSONNIÈRES

CONTRE

L'UNIFORMITÉ

PAR

M. Jules de Gères

EXTRAIT
des Actes de l'Académie Impériale
des Sciences, Belles-Lettres et Arts
de Bordeaux.

1858

BORDEAUX

G. GOUNOUILHOU, IMPRIMEUR DE L'ACADÉMIE,

place Puy-Paulin, 1.

RIMES BUISSONNIÈRES

CONTRE

L'UNIFORMITÉ[1]

« Nil novi sub sole. »   (SAL.)
« Nous sommes atteints de la nostalgie de l'in-
» connu. »   (B. JOUVIN.)
« La vie est insupportable quand on n'y ren-
» contre que des individus qui ressemblent à tout
» le monde. »   (Henri HEINE.)
« Enfant de la nature, il vivrait encore ; la
» civilisation l'a tué. »   (Jules GÉRARD.)
« Je voudrais bien m'en aller. »   (ARNAL.)
« Rien n'est nouveau sous le soleil ; cette vérité
» même n'est pas très-neuve. »   (L. ROSIER.)

I.

Le dix-neuvième siècle est maussade, il s'ennuie.
Il est las de son ombre à se faire pitié.
Feu de paille expirant à sa belle moitié,
Sa fumée, en montant, a laissé de la suie.

De ses illusions les fruits sont récoltés.
Il baisse un peu : les ans n'en sont pas seuls la cause.
Enfant, qui, tour à tour volontaire et morose,
Dispersa les jouets qu'il avait convoités,
Il ne sait ce qu'il veut : mais il veut autre chose.

---

[1] Lu en séance publique du 28 décembre 1857.

Comme il n'est pas poète, il a le spleen en prose;
Mais il l'a. — Son œil morne attend, — désenchanté, —
L'inconnu, l'inouï, l'impossibilité.
Vœu stérile! Le mal au remède s'oppose :
L'ennui renaît toujours de l'Uniformité.

II.

C'est le souci rongeur de tant d'humeurs chagrines.
Le sage, — qui pesa l'époque et ses doctrines, —
Implore un vain Messie; il sent le jour finir,
Et, penché sur la tour de son siècle en ruines,
Il dit à l'Espérance, en sondant l'avenir :

« — Sœur de l'Humanité, ne vois-tu rien venir?
» Si ce temps doit durer, de l'air pour nos poitrines!
» Si d'autres temps sont nés, qu'allons-nous devenir? — »

Chacun, sans l'expliquer, voit ce double malaise :
Le besoin de changer, la peur du changement.
Mais, pour développer cette épineuse thèse,
On le pressent déjà, l'encre n'est point à l'aise.
Un seul profil s'en peut esquisser prudemment;
C'est celui-ci : — Notre âme a soif de mouvement;
Le repos l'amoindrit, l'habitude lui pèse,
Et l'uniformité n'est pas son élément.

III.

Or, c'est le monstre lent, minotaure paisible,
Qui sut nous engourdir de son souffle invisible;

Voilà le labyrinthe où sont ensevelis
Tant de généreux·cœurs, — d'autres destins remplis!
On suit; — marcher à part est se rendre risible,
Se faire remarquer est un manque de goût.
Ne faut-il pas mourir comme l'on meurt partout?
Mais, au fond, on proteste; — et le bon sens intime,
Malgré l'entraînement resté ferme et debout,
Juge les préjugés dont il fut la victime.

IV.

Qu'un penseur plus sagace en dise la raison :
Crainte, manque de foi, défaillance, amour-propre,
A rien créer de grand notre race est impropre;
Dans la vulgarité nous sommes en prison.
Un mot d'ordre cruel tient l'être en servitude,
Et met tous les esprits au même diapason.

L'originalité périt dans l'habitude,
L'individu s'efface et devient multitude,
D'un même ton blafard tout est badigeonné.

Le moule a remplacé le sculpteur suranné.
Le rouage brutal, aveugle mécanique,
Paralyse l'instinct dans l'écrou tyrannique;
Le bras, avec mépris par la vapeur mené,
Abdique, en dérogeant, un pouvoir enchaîné!
L'artiste, — s'il veut vivre, — à cette force inique
Doit soumettre, en luttant, son génie obstiné.
Tout se fait au métier, par une règle unique;
L'inspiration meurt dans son rayon borné;
Plus d'initiative, et rien de spontané!

V.

Des errements publics le talent mercenaire
Pour ne les point heurter se fait pâle, ordinaire;
Il emboîte le pas, ne sort jamais du rail,
Étête, — en les pleurant, — les bourgeons du travail,
Se résigne, et — dès lors — reste stationnaire.

Portant l'antique bât par l'école légué,
Il refait pesamment un chemin fatigué,
Souscrit au goût régnant, consulte le parterre,
Arrête, en l'abattant, son élan subjugué,
Mais se perd dans la foule où le nombre l'enterre;
Car il s'est dépouillé de son vrai caractère,
Et rien n'est plus commun que d'être distingué.

VI.

Écrivez, — lui dit-on, — comme écrivent les autres,
Sur le patron reçu taillez votre pourpoint.
Le style a des pudeurs qui ne sont pas les vôtres;
Il faut, pour être bon, qu'il ne paraisse point.
Fuyez l'enthousiasme, et l'ardeur, — qui déclame.
Pas de zèle! Evitez l'emportement de l'âme,
Enrayez votre essor pour arriver à point,
Jetez l'eau du métier sur la pensée en flamme!

A la lettre, vraiment, le précepte est compris.
De ce conseil glacé plus d'un auteur épris
Y gagne un froid superbe, et meurt de pulmonie.

C'est qu'en se comprimant, l'écrivain se renie !
Étouffés au départ, sous l'usure appauvris,
Ses accents vont grossir la commune harmonie ;
Comme l'Agave, aux jets si lentement nourris,
Par la stérilité sa faiblesse est punie,
Et ce n'est qu'en cent ans qu'il fleurit un génie.

VII.

Surtout, ne disons rien qu'on n'ait dit avant nous.
Il est inconvenant d'innover : l'herbe verte
Doit se tondre en commun au pré mûri pour tous.
Sur la nappe attentive où la lutte est ouverte,
Le vieil œuf de Colomb fait encor des jaloux.
L'effet inattendu met à rudes épreuves
Ceux qui de le produire avaient l'ambition.
Saluez la routine et la tradition,
Le pied du vieux public craint les chaussures neuves.

L'étrangeté du chant met l'orchestre en courroux.
Couvrez-le prudemment par un vulgaire arpége,
Déguisez votre voix, hurlez avec les loups !
Comme un cheval bandé pivotant au manége,
Dans un cercle éternel sachez tourner sur vous.

Que de vaillants soldats sont restés dans ce piége !

VIII.

Oui, sans doute, l'esprit survit au grand trépas !
C'est le dernier lutteur dont la verve agonise.
Comme sous Faliero, du courage à Venise ;

De l'esprit, en Europe, eh! qui donc n'en a pas?
Encor, pour s'éviter un facile faux pas,
Ainsi que le talent faut-il qu'il s'humanise,
Qu'avec l'humeur du jour, futile, il fraternise ;
Et, mis à l'unisson sur un mode discret,
Comme l'esprit d'autrui boutonne son fleuret

Le reconnaissez-vous, ruelles disparues?
Forcé de traverser la meule où tout se moud,
L'esprit s'est bien usé depuis qu'il court les rues ;
En est-il quelque part, quand on en fait partout?

Croyant l'esprit français à Paris fort en baisse,
Figaro chez Véfour lui crédite sa caisse.
S'il trouve une Jouvence aux flots du jus divin,
Comme la vérité, s'il brille au fond du vin,
Si notre adroit Vatel le restaure et l'engraisse,
Les fils de Beaumarchais, voulant qu'il reparaisse,
Auront du sel gaulois sauvé le vieux levain.
Quel plus galant profit tirer d'une dépense?
Un bon mot réchauffé vaut un dîner, je pense.
Qui ne l'éprouve, hélas? Comme autrefois Vénus,
L'esprit de l'homme a froid sans Cérès et Bacchus.
De ce foyer truffé, que la fourchette attise,
L'incendie atteindra le plus humble réduit;
Mais d'un bien si frivole abondance ne nuit :
Mieux vaut périr d'esprit que vivre de bêtise ;
Au moins par la gaîté le deuil sera conduit!

IX.

L'imagination, — faute de mieux, — nous reste?
Jamais, — tant des chercheurs l'entrain se manifeste, –

Sur un sol plus creusé son labeur ne s'est vu.
Certes, l'ardeur est grande, et nul ne la conteste ;
Mais la roue, en tournant, ne sort rien d'imprévu.

Il n'est fond si douteux que n'ait touché la sonde,
Rivage si lointain qui n'ait offert son port.
Tout est su de la vie, — à ce point que la mort
En est presque attrayante, en paraît plus féconde,
Car enfin, — nous verrons du neuf, dans l'autre monde !

X.

Tout placer est fouillé, tout or est dépensé.
Où gît-il, le songeur ingénu qui se flatte
D'écrire un mot, un seul, qu'un voisin n'ait pensé ?
Comme une bombe en l'air, que sa chimère éclate !
Qu'il entr'ouvre une idée où plusieurs n'aient passé ?
Quel conteur vous émeut ? quel récit vous étonne ?
Quel lointain dénoûment n'est d'abord deviné ?
Au lever du rideau, le drame dessiné
Dévoile jusqu'au bout l'intrigue monotone !

XI.

Où ne pas retrouver ce qu'on trouva partout ?
Le crâne imitateur se suit et se ressemble,
Tout puits est éclairé, la lanterne est à bout.
En vain l'étroit cerveau se tâte, se rassemble,
L'intelligence humaine a joué son vatout.

L'invention récente est pareille aux dernières,
Fonds usés, rajeunis de façons, de manières,
Mannequins déterrés, de haillons neufs vêtus.
Tous les chemins connus sont labourés d'ornières,
Pas une fleur n'éclot sur les sentiers battus.

XII.

Quel est le cap nouveau que la boussole aborde?
Quel sol vierge est prédit? — Tout pays n'est-il pas
Défloré? su par cœur? et, sujet de discorde,
Haché par les traités? métré par le compas?

Des systèmes prônés on entrevoit la corde;
L'aridité dément l'appétissant exorde,
Les rochers que frappait le grand prêtre sont secs.

Le siècle où nous vivons des autres suit la voie.
Comme le passe-temps du noble jeu de l'oie,
Il est tout bonnement renouvelé des Grecs.

XIII.

Au pied du sphinx muet l'impuissance l'accule.

Et cependant, — jamais, — dans les âges vantés,
Depuis le dos d'Atlas, les épaules d'Hercule,
Pour secouer les cœurs et leurs satiétés,
Aiguillonner la foi qui faiblit ou recule,
Efforts plus souverains n'avaient été tentés!
Jamais projets plus fous ne furent enfantés.

Qui ne scrute? n'attend? ne plonge? ne spécule?
Quelles ambitions, quelles avidités,
Se courbant sur un mot dont le cours se calcule!
On ose tout : la chance est aux témérités.
Je porte le défi qu'on pose un paradoxe
Qui dans moins de huit jours ne soit chose orthodoxe;
Rêve et réalité se tiennent par la main.
L'impossibilité, chimère de la veille,
Devient le fait acquis, prouvé du lendemain...
Mais toute découverte au bout du mois est vieille.

XIV.

Si les faits sont pareils, les gens le sont aussi;
L'égalité grotesque a trop bien réussi.
Plus de types distincts, de physionomies
A caractère, il faut se grimer comme autrui;
Respirer l'air qui passe, et, vivantes momies,
Se laisser embaumer dans l'uniforme étui,
Comme les vieux talents dans les académies.

Les francs originaux dans la coulisse ont fui.
Les habits, les savants, les dîners, les visages,
Les concerts, les journaux, les serments, les discours,
Les tableaux, les sermons, les jardins, les amours,
Les comices, les toast, les vers, les fous, les sages,
Les crimes, les galons, les soucis et les jours
Pleuvent drus, — mais égaux comme les grains sur l'aire.
Chaque flot, par un autre activé dans son cours,
Descend pareillement la pente séculaire.

XV.

A jouer son public tout masque est occupé.
Qui n'enfle son ballon, n'arbore sa livrée?
N'achète sa villa? ne donne une soirée?
Ne hasarde un blason? ne risque un doux coupé?
Ne prend un air capable, important, haut drapé?
Ne pose dans un rôle, et ne suit la marée?

Procuste niveleur, notre éducation
De vingt peuples mêlés fait une nation :
Langues, patois, accents, dialectes, costumes,
Religions, pays, mœurs, frontières, coutumes,
Tout se fond, s'égalise, et la variété
Sombre uniformément dans l'uniformité.

XVI.

Sur le pâle tableau, la couleur et la ligne
Obéissent ensemble à la même consigne.
Le pittoresque usé croule sous le marteau.
Le bel art des Puget est frappé d'atonie ;
Mansard, Goujon, Delorme, ont baissé le rideau ;
Le Primatice est mort, et la monotonie
Tire, comme l'ennui, les villes au cordeau.

Un plan bâtard suffit : sur l'unique modèle
Le maçon routinier tient l'équerre fidèle.

Il n'est qu'un vêtement, s'il n'est qu'une maison.

Le tailleur, de l'habit nonchalant Praxitèle,
Dans des fourreaux pareils logeant sa clientèle,
Couvre tout le troupeau d'une égale toison.

XVII.

Aujourd'hui, les mortels sont habillés de même.
L'accoutrement en vogue est ridicule? — Eh bien;
Le vieux respect humain, ce despote suprême,
Fait que chacun l'endosse, et croit s'y trouver bien.
On abdique son aise, on se gêne pour rien.
La peur des sots vous tient comme une hypocrisie
Par qui le jugement, vendu, s'apostasie,
Venant à préférer, quand l'exemple l'absout,
Au sens commun l'usage, et la mode au bon goût!

XVIII.

La mode! dogme étroit, dont on craint l'hérésie!
Culte stupide et fort, encombré de bigots,
Fétiche, dont un doigt mène à sa fantaisie,
Et fait se prosterner un peuple de magots!
En suivant son caprice et ses nobles manies,
Sans servir son pays, qu'est-il besoin d'aïeux?
Le regard se rassure, et tout va pour le mieux,
Lorsque, dans un état qui craint les tyrannies,
Tout un peuple a sa botte et sa carte vernies!
Le décorum sauvé lève un front glorieux!
Les malades, au moins, parent leurs agonies;
L'opinion fait d'or ce qui reluit aux yeux.

XIX.

Puis ces autres geôliers, qu'on nomme : l'Étiquette,
Les formes, le maintien, — mensonge corporel, —
La politesse, — chat dont la griffe coquette, —
Et la distinction, — masque du naturel ! —

Enfin, le mot tyran, force que nul ne fronde,
Dont l'effet est partout, la cause nulle part,
Mot dont la lâcheté se bâtit un rempart,
Mot vague et sans appel : — « Ainsi fait tout le monde ! » —

Quand on a dit cela, tout est dit ! — L'argument
Vainqueur, ne souffre pas que l'opprimé réponde.
L'hydre invisible est là, dans la masse profonde :
Les moutons fascinés suivent aveuglément.

Celtes abâtardis ! le rouge au front me monte
De me voir, comme vous, le serf de cette honte !

XX.

Mais, — qui n'est saturé de ce régime-là,
Nature ! — qui n'en sent le faux et l'artifice ?
Qui, brisé de contrainte, à fond de sacrifice,
Envoyant aux moulins sa défroque, n'alla
D'un air large, — en pleins champs, — goûter le bénéfice ?

De ce luxe bourgeois quels yeux ne sont lassés !
Toujours des chapeaux noirs et toujours des gants jaunes !

Des lorgnons, des saluts, des compliments glacés,
Des mensonges polis, des sourires pincés ;
Et ne vaut-il pas mieux, avec les joyeux faunes,
Loin des servilités, des mondaines aumônes,
De la bureaucratie et des papiers timbrés,
Chasser à l'idéal dans les bois et les prés ?
Hors des conventions, des devoirs parasites,
Des lettres, des cochers, des billets de visites,
Des mille riens constants, polypes conjurés,
Dont les jours les plus longs sont sans fin dévorés !

XXI.

Comme, par l'oiseleur patiemment suivie,
L'aile plonge et s'éteint dans le filet rusé,
L'homme, pris une fois dans ces rêts de la vie,
S'agite, se débat, tourne ; — et tombe épuisé.
Mort, perdu pour lui-même et son œuvre ravie,
Il peut pleurer en lui son avenir brisé.

XXII.

Et tout cela, pourquoi ? — Démence sans pareille ! —
Pour suivre froidement un sot programme humain,
Pour voir un jour de plus qui ressemble à la veille,
Pour que chaque vieillard, quittant cette merveille,
Redise au nouveau-né qu'il rencontre en chemin :
— « Ce que je vis hier, tu le verras demain ! » —

Et vous croyez qu'un monde ainsi gourmé peut vivre !
Non, non ; il va périr de marasme et d'ennui.

Ce vieux globe est usé jusqu'au tuf, — aujourd'hui
Nul ne saurait prévoir les destins qui vont suivre.

XXIII.

Tombent, tombent bientôt ces menottes, ces soins,
Ces fers civilisés, ridicules entraves,
Tous ces empêchements où restent les plus braves !
Qu'on se révolte !... On fit des émeutes pour moins !

Ah ! les hordes du Nord réveillant leur courage,
Viendront, la pique en main, te remettre au fourrage,
Vieil Occident blasé ! — Le sauvage, vainqueur,
Dans un sang plus vermeil retrempera ton cœur !
Attila fait sa carte. —
                    Il se peut qu'on en crie,
Qu'un féal du progrès m'accuse de non sens,
Qu'un optimisme aveugle avec pitié sourie,
Mais je le dis, hélas ! parce que je le sens,
L'homme civilisé touche à la barbarie.

XXIV.

Oh ! comme je t'envie, ô Kurde des déserts !
Ton âme et ton manteau, que la rafale ébarbe,
Fendent l'espace vide et sont maîtres des airs.
Rivaux des bonds nerveux de ta cavale barbe,
Sous les granits broyés jaillissant par éclairs,
Tes pensers au soleil montent libres et fiers,
Comme poussent au vent tes cheveux et ta barbe !

Tu vis, au moins! tu vis en·homme; sous la loi
De ton droit, de ta race; et la terre est à toi!
Tes mains sur ton coursier laissent errer la bride,
La nature en t'aimant te reconnaît son roi!
Des murs ne masquent point ton horizon splendide;
Tu sais où le soleil se lève, où son œil d'or
Dans les sables rougis s'agrandit et s'endort!
La nuit, la belle nuit, qui t'apparaît sans voiles,
T'apprend par cœur les noms et le cours des étoiles;
Tu les vois sillonner en messages de feu
Ce ténébreux azur, plein des secrets de Dieu,
Où tes rêves profonds entrent à pleines voiles!

Ta patrie à ta faim conserve ses produits;
Ton froment n'admet pas d'étrangères ivraies,
Tu manges du pain franc, tu bois des liqueurs vraies;
La santé coule au frais dans ta source et tes puits;
La calme solitude où tu fixes ta lance,
Autour de ton sommeil ouvre un vaste silence;
La fatigue elle-même est pour toi le repos;
Chaque aurore, en chantant, t'éveille plus dispos!

XXV.

Déserts! où l'infini sur l'âme se balance,
Que vous me semblez grands! que vous me semblez beaux!
Combien me plairaient mieux, immensités aimées,
Vos sables dans mes yeux que nos tristes fumées;
Vos fraîches oasis que nos tièdes boudoirs;
Vos cailloux éclatants que ces boueux trottoirs
Où le cigare infect, usurpant son empire,
On n'a pas même entier le peu d'air qu'on respire!

XXVI.

O Cités, où la Mort a toujours des fruits mûrs,
Fastueuses prisons, grilles en vain dorées,
Rivez sur vos captifs leurs chaînes adorées !
Multipliez pour eux vos bornes et vos murs !
Qu'ils aiment vos brasiers ou vos brouillards impurs,
Moi j'étouffe, et sachant qu'il est par les vallées,
Dans un milieu plus sain des brises moins mêlées,
Comme un cerf altéré songe aux courantes eaux,
Je pense à Marius sauvé dans ses roseaux !

XXVII.

Heureux les Robinson dans leur île cachée,
Bienheureux Mazeppa comme un songe enlevé,
Bienheureux ce Francklin qu'on n'a pas retrouvé,
Raousset, gloire en fleur avant le fruit fauchée,
Tous les fermes Cortez, — au début éprouvé, —
Tous ceux qui, découvrant la veine tant cherchée,
Ont vu s'ouvrir un ciel qu'ils n'avaient point rêvé,
Une terre inconnue et jamais défrichée !
Tous ceux qui devant eux fixant leur sûr regard,
Ont dédaigné la foule et la route suivie,
Et, refermant sur eux les portes de la vie,
Sont rentrés par la brèche, en forçant le hasard !

XXVIII.

Heureux encore, heureux et roi dans son royaume,

Ce troubadour gascon, maître d'un verbe à part ;
Il est seul à pétrir son rustique idiome,
Sa langue est bien à lui, nul ne touche à son art.
Plus libre que Musset, plus riche que Ponsard,
Il use le premier des mots neufs, èt n'en chôme !
Il arrive à son heure, et n'est point en retard !

XXIX.

Heureux même ces fils — ô mères ! le dirai-je ? —
Qui, comme leurs aînés, endormis sous la neige,
Sont tombés, en Crimée, aux plis de leur drapeau !
La patrie, en pleurant, convoite leur tombeau,
Mais leurs cœurs battaient bien dans les fossés du siége,
Ils avaient loin laissé notre pauvre niveau ;
On les plaignait, ô Ciel ! — ils voyaient du nouveau !

Que le Dieu des combats les garde et les protége !
Et ceux que leur étoile au paternel berceau
A reconduits, — ont eu la France pour cortége !

XXX.

Ils ont vécu, ceux-là ! — Mais nous, ô honte ! nous,
Éternels maraudeurs de pavés ou de plumes,
Inutiles, oisifs, et cependant jaloux,
Quelle est notre œuvre ? Où sont les forces que nous eûmes ?
A quoi bon notre vie, et ce secret courroux,
Et ces élancements, et ces ardeurs si vaines,
Flots morts, dont les ressacs gonflent encor nos veines ?

Ah ! nous ne fûmes pas des hommes ! — Il me prend
Une rage cruelle, un désespoir immense,
D'avoir suivi vingt ans la commune démence,
Ame et corps englouti par l'absurde torrent !
Voici que de nos jours le dur retour commence ;
Qu'avons-nous fait lever de la sainte semence ?
Qui de nous a conçu quelque chose de grand ?

XXXI.

Jeunesse depensée à hâter sa ruine,
Nous pouvons largement nous frapper la poitrine !
Je puis baisser le front moi-même ; le premier,
J'ai dormi mon soleil sur l'immonde fumier !
Mais j'en pleure, du moins ! la tardive science,
Du suicide obscur me donne conscience ;
Et si je renaissais, dussé-je être le seul,
Lâcheté ! je fendrais ton stérile linceul !

XXXII.

Logique châtiment de la faute passée,
Amis, le mètre ingrat mutile ma pensée.
L'expression me fuit, je ne sais plus trouver
L'autel secret du Dieu que j'ai voulu braver.
D'un dédain prolongé la Muse enfin lassée,
Dans les saules vengeurs, nymphe, s'est éclipsée.

XXXIII.

Je sens péniblement cette impuissance, allez !

J'ai brassé, — tout au plus, — du style épistolaire.
Les coups de fouet sont mous ou mollement cinglés.
Cela n'emporte pas la pièce, ne mord guère ;
La chair rougit à peine aux endroits flagellés.
Le vers manque de nerf, d'âpreté, de colère,
De tour alerte et vif, comme il faudrait pour plaire ;
Chaque trait sort rouillé du poudreux arsenal.
Je sais que c'est peu fort, rebattu, séculaire ;
Que Régnier disait mieux, tout comme Juvénal ;
Que ma chaste Hippocrène épanche de l'eau claire ;
Que ces froids lieux communs n'ont rien d'original ;
Que le sujet lui-même est un texte banal ;
Qu'abandonnant sans grâce une harpe vulgaire,
Je n'aurai nul éclat pour le bouquet final ;
Qu'en somme, tout ceci n'apprend rien ; — mais qu'y faire ?

Il n'est rien d'inédit sous l'immuable sphère,
Et je viens de prouver encore, bien ou mal,
Que l'uniformité reste un défaut normal.

XXXIV.

Chercheurs de l'or nouveau, la plaine est inféconde ;
Mettez bas l'espérance, et jetez le bâton.

Mais si le présent dort, l'avenir veille et gronde,
Et l'électricité, qui brille à son fronton,
Doit, métamorphosant le ciel, la terre et l'onde,
Ouvrir les temps rêvés par le Dante et Milton.
Alors, le *neuf* aura ses mines de Golconde.

Attendons. — L'Antechrist vient de naître, dit-on ;
Depuis trois ans déjà, l'infernal rejeton
Au soleil d'Orient chauffe sa tête blonde.
Enfin, — si l'on en croit nos terribles Newton,
A l'horizon prochain, — perspective profonde ! —
Nous avons la Comète, — et puis la Fin du Monde.

CONTRER

BUISSONNIÈRES

L'UNIFORMITÉ

RIMES

www.ingramcontent.com/pod-product-compliance
Lightning Source LLC
Chambersburg PA
CBHW061639180626
46818CB00005B/2427